Grandeur nature

Photos de l'agence
Hoaqui Jacana Explorer

MILAN
jeunesse

Sur notre Terre, la **MER** occupe plus de place que les continents.
C'est ce qui lui vaut son joli nom de « planète bleue ».

C'est en **ANTARCTIQUE** que se trouve la plus grande réserve d'eau douce au monde... sous forme de glace.

Au **GROENLAND**, cet iceberg haut comme une montagne dérive sur l'eau. C'est un morceau de glacier qui s'est détaché.

Une étendue de neige qui ne fond jamais... C'est la banquise, en **ANTARCTIQUE**, le royaume des phoques et des manchots.

Un désert de neige ? Non ! C'est le plus grand désert de sel du monde, en **BOLIVIE**.

Souvent, dans ce désert de **NAMIBIE**, il ne pleut pas pendant des mois ! Le sol est tout craquelé à cause du manque d'eau.

Du sable tout chaud et plein de dunes... Voici le **SAHARA**, en **AFRIQUE** : c'est le plus grand désert du monde.

Une oasis dans le désert de **LIBYE** ! Les palmiers en profitent pour pousser tout le long de cette étendue d'eau.

Aux **ÉTATS-UNIS**, ce fleuve se jette dans un petit lac en créant une jolie cascade.

Mais gare ! L'eau peut aussi se déverser en immenses chutes. C'est le cas de l'**IGUAÇU**, un cours d'eau d'**AMÉRIQUE DU SUD**.

Que l'eau est claire, dans ces calanques du sud de la **FRANCE**, à **MARSEILLE** ! Un petit plongeon ?

Une mer bleu foncé, un lagon turquoise, un îlot tout vert…
À **BORA-BORA**, c'est un vrai festival de couleur !

Voici un tout petit bout de la **GRANDE BARRIÈRE DE CORAIL**, en **AUSTRALIE**. Longue de 2 000 km, elle est visible de l'espace.

Des palmiers, une eau transparente et du sable blanc...
C'est le paysage typique des **ILES COOK**, en **POLYNÉSIE**.

Cric ! Croc ! Avec le temps, la mer grignote la roche. Elle crée alors de drôles de falaises, comme à **ÉTRETAT**, en **FRANCE**.

De l'autre côté de la planète, dans le golfe de **THAÏLANDE**, la mer sculpte aussi la roche pour lui donner des formes étranges.

Même le granit ne résiste pas ! Peu à peu, la mer lisse ces drôles de rochers, sur les plages des **SEYCHELLES**.

De l'eau et du vent qui souffle très fort... Voilà comment s'est creusé, il y a très longtemps, ce canyon des **ÉTATS-UNIS**.

Voici un paysage sec et désertique comme on en trouve dans l'ouest des **ÉTATS-UNIS**. Un vrai décor de western !

De grands pics rocheux s'élèvent au milieu du désert américain.
Bienvenue à **MONUMENT VALLEY** !

Sais-tu comment s'appellent ces drôles de rochers tout ronds, en **AUSTRALIE** ? Les « billes du diable ».

Une montagne ? Non, c'est **AYERS ROCK**, le plus grand rocher du monde, en **AUSTRALIE**.

Ce ne sont pas des sculptures, mais de drôles de geysers qui rejettent de l'eau bouillante, aux **ÉTATS-UNIS**.

Attention, ce volcan d'**ISLANDE** se déchaîne et crache une lave brûlante ! Mieux vaut ne pas rester dans le coin...

Ce vieux volcan est éteint, plus de danger ! En **AUVERGNE**, dans le centre de la **FRANCE**, on peut se promener dessus.

Parfois, les volcans sortent même de la mer et créent des îles !
Voici **WHITE ISLAND**, en **NOUVELLE-ZÉLANDE**.

Dans le massif du **MONT-BLANC**, en **FRANCE**, on trouve de petits lacs d'altitude. Il ne faut pas être frileux pour s'y baigner…

Dans la **CORDILLÈRE DES ANDES**, en **BOLIVIE**,
il y a aussi de l'eau, mais sous forme de lagunes vertes.

Une forme de serpent, une eau toute boueuse... Le fleuve **AMAZONE**, au **PÉROU**, traverse la plus grande forêt du monde.

Sur l'île de **BALI**, en **INDONÉSIE**, l'homme plante et cultive le riz sur des collines qu'il a aménagées en terrasses.

De grands champs de fleurs à perte de vue… Au **MAROC**,
les agriculteurs donnent de belles couleurs aux paysages.

En **PROVENCE**, dans le sud de la **FRANCE**, on cultive
la lavande en rangées bien alignées. Mmm... que ça sent bon !

Selon le climat et la végétation, la forêt peut avoir des visages très différents. Voici une forêt d'**EUROPE**...

... et voici une forêt tropicale avec ses lianes et ses racines géantes, à **BELIZE**, un petit pays d'**AMÉRIQUE CENTRALE**.

Regarde ces arbres immenses, ils semblent monter vers le ciel !
C'est une forêt de baobabs, sur l'île de **MADAGASCAR**.